변변찮은 삶을 위한 변명

이학준

경주, 포항, 부산, 서울.

내가 도시를 옮기며 살아야 했던 까닭은
현재의 초라한 나로부터
벗어나기 위함이었다.

목차

맺음말

1

경주

1

들어가며

'저녁 배를 꺼뜨리자' 해서 하는 수 없이 가족들을 따라 밖으로 나왔다. 검푸른 논 주변 길을 걷는다. 반딧불이가 스스로 빛을 낼까 말까 하는 시각이다.

"준이 학교에서는 별일 없제?"
"어."
"친구들하고는 잘 지내나?"
"어."

별로 큰 걱정은 아니어도, 엄마는 누나가 아니라 나부터다. 그게 싫다고 티내지 않고 질문에만 빨리 답해 버렸다.

"엄마. 이학준은 잘 나가는 애가 매점에서 뭘 사오라고 시키면, 무조건 사와야 될 걸?"

내 이름 앞에 성까지 붙여가면서 누나가 끼어들었다. 나를 얕잡아 보는 건 원래 알고 있는데, 금방 내 안위를 물은 엄마 앞에서 저따위 식으로 말을… 아빠도 들었을 건데.

"이학준 반에 신현철이라고 잘 나가는 애 있거든. 걔가 시키면 시키는 대로 다 할 걸?"

나는 아니라고 해야 되는데 농사를 망친 걸 들킨 농부 마냥 숨이 턱 막혔다.

"미쳤나? 아니거든."

누나는 실실 비웃다가 입을 멈췄다. 엄마의 질문도 사그라들었고, 나는 내가 무슨 말을 하고 싶은 건지도 까마득해졌다. 푸른 논이 검게 변하였다. 반딧불이의 반짝임 따윈 오래전부터 관심 없었고, 나는 중3. 내가 걷고 싶어 하는 길이 어딘가엔 있어 줄 것만 같은데, 배를 꺼뜨리자 해서 내가 내 발로 따라나섰으니, 걷고 있는 논 주변을 당장엔 걷는 수밖에 없다.

2

급식소

맛이 지지리 없어도 급식소로 향하는 길은 꽤 걸을만하다. 누구는 4교시까지 잘 버틴 나를 자랑스러워하고, 누구는 벌써 5교시에 만날 과목을 근심하기도 한다. 어쨌거나 배고픈 중2인 우리.

"와… 줄 봐라."

급식소 유리문 너머의 소란함이 우릴 한숨 짓게 만든다. 종이 땡 울리자마자 달렸어야 했나. 벌써 먹고 있는 학생들을 부럽게 쳐다보며 줄의 꼬리를 물었다. 우리는 한참을 그렇게 서 있는데

"야. 안 나오나?"

"비켜라!"

이젠 제법 멀어진 줄의 꼬리에서부터 들려오는 소리였다. 본 적 있는 서너 명이 우악스럽게 줄을 추월해오는데, 오면서 누구의 어깨를 툭 치기도 했다. 한순간 만에 우리가 서 있는 데로 도착할 판국이었다. 나는 그 상황을 전혀 모르는 척 가만히 숨죽이고 기다렸다. 다행히 우리는 건드리지 않고 추월해줬고 맨 앞까지 도착한 뒤 그들은 순조롭게 식판을 거머쥐었다.

"쟤들 누구야?"

나는 안심하고 내 친구한테 물었다.

"신현철. 신현철이랑 노는 애들. 제일 잘 나가잖아."

따라서 당연히 줄을 내줬다고 했다. 나는 내 앞뒤로 빽빽하게 늘어서 있는 줄을 바라보

앉다. 그 순간, 우리는 다 같은 패배자 같았다.

3

반 배정

팻말이 저기 보인다. '3-1' 보고도 지나쳐야 할 것 같은데 이제부터는 내 반이라니. 교실로 다가서자 벌써 많이들 들어온 분위기이다. 나는 앞문을 지나쳐 뒷문으로 들어갈까 하다가, 그냥 앞문을 택했다.

저 맨 뒷줄에서 누군가 나를 검사하는 냥 노려본다. 신현철. 책상 의자에 똑바로 앉는 것이 아니라 의자 등받이에 올라타, 자신이 제일 높은 위치에 있겠다고 했다. 내 몸이 저절로 빈자리를 찾아 앉는다. 두 번째 줄 모르는 애 옆이라는 건 앉고 나서야 알았다.

또 우리 반에 어떤 애들이 왔을지 궁금하기도 한데 돌아보지는 못한다. 맨 뒷줄에서는 아까부터 계속 욕이 날아다니고 그러고 보니 신현철과 가까운 무리들도 우리 반인가 보다. 교실 안으로 새로운 한 명이 들어오면, 그때만 잠시 잠잠해지는 뒷줄. 나한테 그랬듯 새로운 애들 한 명, 한 명을 맨 뒷줄이 검사하고 있었다.

"자, 조용히!"

마지막으로 담임선생님이 들어왔다. 나는 새 담임선생님이 궁금한 것보다 지금을 틈타 교실 뒤쪽을 돌아보고 싶었다. 아, 그런데 올 한 해 농사는 망쳤구나. 내가 돌아본 순간, 맨 뒷줄에서 한 명이 어딜 감히 돌아보냐고 그 조차도 경고를 내렸다.

"그러면 복도로 나가서 키 순서대로 줄 서 보자."

반 학생들의 번호를 매기기 위한 작업이었 다. 선생님의 말씀을 따라 다들 복도로 나갔고, 어수선한 가운데 나도 내 키가 설 만한 위치로

가서 섰다. 곧바로 내 등 뒤가 소란해졌다. 교실에서 맨 뒷줄이던 셋이 제 발뒤꿈치를 들었다, 들었다하면서 비등비등한 키를 가지고 싸우고 있었다. 셋의 키가 나란한 것도 우연찮지만, 바로 내 등 뒤라는 것 때문에 나는 진땀을 흘려야 했다.

나는 정말 운이 없었다. 교실로 돌아와 책상 자리를 앉는 것도 복도에서 매긴 번호 순서대로였기 때문이다. 책상 전체를 세로로 3등분한 뒤, 번호에 따라 1분단부터 채워나가기 시작했다. 결국 나는 복도에서의 그 셋과 같이 1분단 맨 뒷줄에 둘, 둘씩 짝을 이루게 되었다.

"야! 니 꺼 바지통 6 반이가? 7이가?"

숨도 못 쉬고 앉아 있는데, 셋 중 한 명인 내 짝지가 물어왔다. 내 바지 끄트머리로 셋의 시선이 집중됐다.

"…6 반."

얼마 전 누나 교복치마 줄일 때 따라가서 내 바지를 줄여봤다. 물론 공부를 할 거지만 나도 마냥 범생이는 아니란 걸 티내보고 싶었기 때문이다. 나는 지금 셋이서 내 바지통이 거슬린다고 하면 사과라도 할 심산이었다. 그런데, 기왕 같은 반이 된 김에 용서라도 해주는 건지 아니면 나와 같은 범생이가 바지를 줄여 논 것에 호기심이 자꾸 생기는 건지 말을 걸어준다. 내가 기다렸던 겁주기 식의 멘트는 결국에 안 나왔다. 여섯 개의 눈동자는 이제 부드럽기까지 하다. 나는 은근슬쩍 얘들과 친해지고 싶다는 생각을 품었다.

4

'늑대'라는 탈

또 급식은 지지리도 맛이 없을 테고 여럿이서 매점을 갈까 하다가, 도시락을 싸가지고 다니는 녀석들을 슬그머니 살핀다. 그런데 녀석들도 우리를 살핀다. 매일 모여서 먹는 자리에 모여는 있는데 아무도 도시락의 지퍼를 안 연다. 우리 중 한 명이 포기라는 듯,

"야! 안 뺏어 먹는다."

하지만 그건 안 잡아먹겠다는 늑대의 말이었다. 도시락을 열면 무조건 달려들 게 뻔했다. 녀석들이 싸가지고 온 반찬들 중 햄, 소시지 따위의 반찬들을 뺏어먹고, 나머지 주린 배는 매점에서 때우는 게 바로 점심이었다.

놀라운 점은 내가 그 늑대 무리에 들어있다

는 것이다. 교실 맨 뒷줄에 앉아서, 신현철과도 어울려 다니는 거기에 말이다. 아직까지 반찬을 뺏어먹을 때도 누구를 잡아먹듯이 그렇게는 안 되지만, 최선을 다해 닮아가려고 하고 있었다. 교복 바지통은 이미 줄여놨고, 가방도 등에 딱 달라붙게 매는 가방, 걸음걸이도 삐딱삐딱하게.

나를 잘 알다가 3학년에서 반이 갈린 애들은 신기하게 봤을 수도 있다. 수업시간에 노트 필기를 얼마나 열심히 하고 전교 등수도 높았던 내가 갑자기, 잘 나가는 애들이 다 들어있다는 3학년 1반이 되더니 말이다.

걸음걸이가 똑같은 것까진 용납이 됐지만, 그렇다고 내가 앞질러 가는 일은 결코 일어나지 않았다. 무리에게 예쁨을 받기 위해 학교에 나가던 초창기, 나는 해도 되는 일인 줄 알고 한 명을 놀려버렸다. 분위기는 잠시 이상해졌다. 정색하는 얼굴로 나를 죽이겠다 하는 녀석. 다행히 현철이가 나서서 말려줬다. 나도 자칫하다간 잡아먹힐 수 있겠구나, 그때부터 조심하기로 마음먹었다.

"나는 왕뚜껑!"
"야! 나도!"

우르르 매점으로 내려와서 줄을 선 사람은 다름 아닌 나였다. 천 원씩 나한테 던져준다. 너나 할 것 없이 줄을 서면 나도 따라서 줄을 서고, 벌써 알아서들 누구에게 시켰으면 나도 알아서 시키고, 그것도 아니라면 내가 이렇게 나서는 게 마음이 편하다. 내가 녀석들 중 한 명한테 시키는 건 같은 늑대이면서도 절대 무서운 일이다.

5

경주

경주. 뙤약볕에서 일하는 농부와, 그가 주인인 마지기의 논은 서로를 헤아릴 줄 안다. 그 모습을 빨리 지나치지 않고 멀찌감치 다들 쳐다본다. 나도 그렇게 쳐다보기만을 하고 싶은데, 자꾸 논 주변에 위치한 우리 집이 보이는 것 같아 잘 안 된다.

가끔 전부 논밭인 곳으로 오해를 산다. 경주도 아파트 건물이 파다하게 널린 도시인데 말이다. 중학교 수업을 다 마치면 친구들 대부분이 아파트로 향하거나, 아님 아파트 근처에 위치한 보습학원으로 간다. 그런 친구들을 배웅하듯 떠나보내고 나는 혼자서 걷는다. 걸어서 걸어서 아빠의 방앗간으로 들어선다.

각자의 일과를 마치고 모인 우리 가족은 저

녁식사를 여기에서 해결한다. 아빠가 손님을 기다리기 위해 만든 방 한 칸엔 싱크대, 냉장고, tv가 다 들어있다. 나는 이 공간이 무척이나 마음에 안 든다. 인기척을 생략하고 들어온 손님이면 우리 가족이 옹기종기 모여 된장국을 떠먹는 장면을 낱낱이 목격할 수 있다.

아빠가 장사를 끝내고 방앗간 문을 닫을 동안 누나와 나는 먼저 차에 올라타 있다. 핸드폰을 사달라는 조건을 건 뒤 반장이 된 누나는 혼자 핸드폰을 갖고 논다. 엄마의 구형 핸드폰을 만지작거리는 나.

"경아, 준아. 너희는 아빠가 방앗간 하는 게 부끄럽나?"

까만 정적을 몰고 가던 도로 위였다. 엄마는 그 질문을 하면서 조수석에서 돌아 누나나 나를 쳐다보지 않았다. 아빠도 가만히 운전만을 했다.

"난 안 부끄러운데? 안 부끄러우니까 친구
도 막 데려왔지."

"준이는?"

안 부끄럽다는 게 반 이상 사실일 누나. 나
도 따라서 그래야만 했다.

"나도⋯."

그러나 엄마가 인정할 수 없는 조그만 목소
리였다.

차창에 논이 깔리기 시작하면서 집에 가까
워온다. 아파트도, 학원도 없는 동네. 정적뿐인
창밖은 차 안에서 내가 삼키는 중인 죄책감엔
아무런 도움이 안 됐다. 가족들 눈치를 보면서
차에서 내렸다. 농부의 마음을 자기가 헤아렸
듯 내 마음도 헤아려주겠다 하는 논. 나는 그
런 성의를 무시하고야 만다. 나에게 논이란, 내
친구들처럼 그냥 멀찌감치 구경만 하고 마는

것이면 좋겠다.

6

고해성사

나는 수업을 마치고 나가는 담임선생님을 몰래 쫓아 나갔다. 계단 한 층을 다 내려가실 때까지 가만히 뒤만 밟다가,

"선생님!"

고해성사를 시작하는 마음으로 선생님을 불러 세웠다.

"드릴 말씀이 있는데요... 저 앞줄로 자리 바꿔주시면 안 될까요?"

어떤 말괄량이든지 순하게 바라봐주시는 우리 선생님이 별안간 뒤따라 나온 내게 표정이 심각해지셨다. 왜 그런 부탁을 하는지도 알겠다는 듯 뜸을 들이시다가,

"그래, 그래. 가 봐라."

하고는 교무실로 내려가셨다. 나도 한 층 내려온 계단을 다시 밟고 올라갔다. 몰래 벌인 이 일이 탄로 날까, 교실 앞을 살피면서 살금살금….

아무 일도 없었다는 듯 자리로 돌아와 앉았다. 짝지가 어딨나 하고 찾으니까 교실 뒤쪽에서 친구를 괴롭히고 있다. 나는 그 괴롭힘의 대상이 내가 아니라서 내 짝지 옆자리가 자랑스러웠던 적이 있다. 그러나 담임선생님께 고해성사 같은 걸 하고 들어온 지금, 내 자리가 가시 돋은 마냥 따갑다.

종이 치자 괴롭힘을 당하던 친구는 쏜살 같이 제 자리로 돌아간다. 내 짝지는 이래저래 딴 짓을 더 벌이다가, 정말 선생님이 들어오고 나서야 내 옆자리로 온다. 거기에도 가시를 깔아 놓고 싶다. 그러나 또 자연스레 나는 짝지에게 몇 페이지를 펼 차례인지 알려주고 있다.

수업시간에 내 일이 그런 거다. 수업을 안
듣는 짝지가 선생님으로부터 문제 공격을 받으
면, 우선 손가락으로 무슨 문제인지를 짚어주
고 동시에 나도 풀어서 정답을 알려주는 일. 가
끔은 그래도 맨 뒷줄답게 선생님을 아주 씹어
대기도, 수업 시간을 시큰둥하게 흘려보내기도
했다.

"김기정. 니 맨날 코앞에서 종알대고 있지?
저기 이학준하고 자리 바꿔라."

부탁을 드리면서도 비밀로 해달라고는 말
씀드리지 못했었는데 선생님께서는 슬그머니
자리를 바꾸도록 해주셨다. 당신에게까지 보였
던 것이다. 어울리지도 않는 늑대 가면을 쓴 내
가 맨 뒷줄을 고수하기 위해 주변 녀석들 눈치
를 살피는 모습이 말이다. 나는 마치 억울하다
는 듯이 짐을 싸서 일어났다. 어쩌면 선생님께

서는 내가 바꿔달라고 한 진짜 이유도 알고 계셨을 것이다. 얼마 전에 나온 2학기 중간고사 성적표인데, 3학년에 올라오고부터 수십 등씩 떨어지더니, 이번에 또 떨어지고 말았다. 오로지 2학기 기말고사만 남아 있다. 나는 늑대 무리를 벗어나면서도 별로 떨리지 않았고, 이제부터는 정말 공부만이다.

7

졸업식

오늘만은 내가 맨 뒷줄에 앉아 있고 싶었
다. 마지막 날의 어수선함이 다행히 그걸 허락
했고, 맨 뒷줄처럼 장난스럽지도 앞줄들처럼 얌
전하지도 않게 돼 버린 나는 여기에 앉아서 불
편해하고 있었다.

　"자 다들 3년 동안 수고했고."

　담임선생님의 음성이 맨 뒷줄에게는 마지막
날까지 파워가 없다. 졸업식에 참석한 가족들
이 복도에서 지켜보는데도 녀석들이 떠들거나
말거나 선생님은 자기 할 말만 하신다. 참 성격
너그러우셔.

　"야 이학준 축하한다."

선생님의 훈화말씀이 끝나자마자 날 축하한다며 교실로 냉큼 들어온 여고생 한 명. 우리 누나다. 엄마가 올 거니까 굳이 안 와도 된다고 말렸는데, 조퇴까지 써가며 기어이 왔다. 저희 학교 교복을 입고 남학교 교실 안인데도 수줍음이란 찾을 수 없다.

그래 내가 오늘만큼은 맨 뒷줄에 앉아 있겠다던 이유. 졸업식에 누나가 참석한다했기 때문이다. 졸업식이 끝난 다음 집에 와서 누나한테 떳떳하기 위해서는, 소위 잘 나간다는 녀석들과 붙어 있어야만 했다. 일부러 그렇게 앉아 있는 나를 누나가 툭 쳤고, 헤어져도 아쉽지 않을 맨 뒷줄들이 누나를 훔쳐본다.

가족들이 들어왔다 나가면서 조금씩 빈 책상들이 생겨났다. 나는 인사를 나눈다면 누구와 나눠야 할지 아직도 고민하고 앉았다. 기싸움으로 교실 전체를 누르던 맨 뒷줄은 센 척하느라 인사 같은 건 생략하는 분위기이고, 내 성적 올리겠다고 잠시 찾은 앞줄에겐 인사하기도 미안했다. 나는 지금이 아니면 인사를 할 수 없을지도 모른다. 2학기 기말고사를 끌어올린 덕분에 경주의 가장 높은 고등학교도 갈 수 있었지만, 그게 아닌 포항에 있는 고등학교를 가기로 했기 때문이다.

그런데 내가 내린 결정이 아직도 얼얼하다. 고등학교를 소개한다고 포항에서 찾아왔을 때, 나는 그분들 말씀을 귀담아듣기보다 이번을 통해 경주를 벗어나야겠다는 심산을 품었다. 센 척도 못하고 그렇다고 마음가짐이 모범생도 아닌 내가 싫었고, 항상 방앗간인 우리 집도 싫었다. 타지에 있는 고등학교 기숙사에서 살면서 경주의 내 모습과는 작별하고 싶었다. 오늘이 중학교 졸업식이다. 고등학교로 가기 전 중학교에서의 마지막 날일 뿐인데, 이곳을 영영 떠나는 거라 실감하니 그토록 싫어했던 내 모습들이 자꾸만 용서가 된다. 또 동시에 경주를 벗어나기로 한 내 선택이 옳았을까도 의심하게 된다. 그렇게 얼얼한 기분으로 앉아 있다 보니, 나는 결국 교실의 누구와도 인사하지 못했다.

엄마, 누나하고 학교를 빠져나와 아빠가 지키는 방앗간에 도착했다. 이제 들고 있을 필요가 없어진 꽃다발과, 그 의미가 와닿지 않는 졸업장을 방 한쪽 구석에 내려놓았다. 방앗간 안의 풍경은 내가 학교를 마치고 들어온 여느 날과 똑같았다.

"셋이 가서 돼지갈비나 사 먹고 온나. 어서."

당신은 스스로 점심을 해결할 테니 셋이 가서 돼지갈비라도 사먹고 오란다. 그렇게 아빠를 남겨두고 졸업식의 마지막 행사를 치르러 왔다. 옆의 누나는 나보다 본인이 더 신났다. 나는 계속 얼떨떨한데, 돼지갈비 한 판으론 도저히 이 감정이 안 뒤집힌다.

2

포항

1

뱃사람들

알고 왔지만 나만 경주였다. 창포중, 흥해중, 구룡포중, …바다나 항구를 의미하는 중학교 이름들 사이에 나만 출신이 경주 월성중. 겪은 적 없는 뱃사람들과 만난 듯 어색하지만, 나는 이겨내야 한다. 경주가 아닌 타 지역의 고등학교를 다니겠다고 내가 우격다짐해서 왔기 때문이다.

서른 명이 조금 넘는 교실에서 벌써 친해졌나, 사이가 좋은 저 둘은 알고 봤더니 같은 중학교 출신이다. 다니던 학교에서처럼 서로 장난을 친다. 나는 속으로 그걸 부러워한다기보다 슬그머니 가닥이 잡힌다. 쟤는 중학교 때 어땠을 것이고, 쟤는 중학교 때 어땠을 것이고….

한편 나에 대해선 밝혀진 바가 없다. 내가

경주에 있을 때 얼마나 작은 능陵이었는지 여기 뱃사람들은 모른다. 중학생의 제 크기라 해봤자 또래와 비교해서 얼마나 더 크고 얼마나 더 작겠냐마는, 왕릉들끼리의 완만한 크기 다툼도 나에겐 치열한 전투였고 나는 그 전투에서 항상 지는 쪽이었다.

중학교 때의 친분을 과시하는 녀석들을 보면서 녀석들이 어떤 크기인지를 속으로 계속 가늠한다. 밝혀진 게 없는 나는 급할 것 또한 없다. 내가 누구하고 어떤 식으로 놀든지, 얌전을 떨든지 말든지, 이제부터가 내 본 모습이고 동시에 내 예전 모습인 거다.

2

차별

지은 지 갓 십 년을 넘긴 역사처럼 학교 설립자의 동상엔 아직도 금색 칠이 반짝거린다. 신경 써서 관리해놓은 잔디, 산비탈을 따라 맨 아래 교문에서부터 열이 시작되는 벚꽃.

'축 11회 졸업생 서울대학교 oo명 합격'

그리고 현수막을 학교 몇 군데에나 걸어 놨다. 돌아가시기 전 설립자의 유언이라도 있었는지, 이 학교는 서울대학교 보내는 걸 그렇게나 소원했다.

내 중학교 때와 비교해도 될 만큼 맛이 없는 급식소. 어쩔 수 없이 산 식권을 만지작거리면서 줄을 섰는데, 내 근처 앞에서 식권도 안 내고 식판을 드는 학생이 보였다. 급식소 아저

씨 역시 그 학생을 허락했다. 명찰 색깔을 보니 우리 학년이고, 더 자세히 보니 사진이 붙은 출입증 같은 걸 따로 목에다 걸고 있었다.

"야 근데 식권 안 내고 밥 먹는 사람은 뭐야? 쟤."

의자에 앉자마자 친구한테 물었다.

"김상빈. 대도중 전교 1등. 이 학교 와주는 대신 쟤는 돈 하나도 안 낸다더라. 급식비 3년 내내 공짜고, 교복도 아예 학교에서 맞춰줬다던데? 기숙사생일 걸. 한 번도 못 봤나?"

그러고 보니 봤던 것도 같다. 아직 모든 호실을 다 가보지 못해서 누가, 누가 있는지 파악 중이었다.

'목에 걸어 놓은 저 게 식권 대신인 셈이구나….'

밥이나 먹어야겠다. 그런데 이런 밥을 삼년 동안 그것도 세 끼씩이나 먹을 수 있을지는 잘 모르겠다.

야간 자율 학습이 끝나고 기숙사로 들어오면 우리 호실처럼 떠드는 호실만 있는 것은 아니다. 복도 반대편 라인은 거의 조용한데, '들어가 봐도 되겠지?' 하고 문 하나를 열어봤다. 그런데 언제 다들 씻고 왔는지 누워 있는 상태다. 자기들끼리도 아직 서먹해서 말 못 할 뿐이지 불을 끄자고 하면 반길 태세였다.

'어? 김상빈?'

나는 이층침대 발밑마다 붙은 이름표들 중 들어본 적 있는 이름 하나를 읽었다. 누워버린 그는 좀 전까지의 야간자율학습에서 공부로 진을 뺀 상태였다.

우리 호실은 잠자려면 아직 멀었다. 내가 혹

시 이층침대 자리로 올라가서 누우면 소리라도 낮춰줄까 실험했는데, 먹히지도 않는다. 삐거덕 삐거덕 낡은 이층 침대만이 반응해준다. 그런데 조금 전 내가 보고 왔던 침대와는 많이 달랐다. 김상빈이 누워 있던 이층침대는 이런 침대가 아니라, 튼튼한 철로 된 이층침대였기 때문이다.

호실에 따라 침대의 종류가 나뉜다는 걸 그제야 알았다. 중학교 내신 성적과 배치고사 성적을 합하여 상위권인 애들은, 우선 그런 애들끼리 한 방을 썼고, 튼튼한 철로 된 이층침대에다 재웠다. 반면 내 호실과 같은 나머지 호실에는 올라가기가 미안할 정도의 낡은 나무 이층침대를 넣었다. 복도 반대편 라인만 조용한 이유가 다 있었다. 자신들이 누리는 혜택을 비밀리에 감추는 것 같아, 나는 그것마저도 얄미웠다.

3

폭력

산허리를 깎아 내고 지은 학교에서 멀찍이 아직 남아 있는 산허리를 바라본다. 입학한 지 얼마 만에 벌써 이곳이 답답한 건, 한 달에 단 두 번인 기숙사 외박 때문이 아니라, 이곳에 만연해 있는 폭력 때문이었다. 소문이나 듣고 겪었더라면 조금 덜 놀라지 않았을까.

"너 이 새끼 졸았지? 일로 나와."

학생들의 이름은 불러줄 생각이 없고 그냥 '이 새끼'가 적당하다고 여기는 것 같았다. 금방 졸았던 친구가 자기 잘못을 인정하는 태도로 걸어 나간다. 칠판 앞에 가서 어깨를 접고 섰는데, 분필을 내려놓은 손바닥이 친구의 얼굴을 마구 갈기기 시작했다. 의자에 앉은 나도 친구와 같이 뒷걸음질 쳐졌다.

"들어가."

저절로 인사를 마친 친구는 자리로 들어갔다. 칠판에서는 곧바로 문제 풀이가 이어졌다. 그러나 수업은 이제 절대로 뒤쳐져선 안 될 교련 으로 변했고, 칠판 앞 교단은 형을 집행하기 위해 세운 장소가 됐다.

기숙사라도 마찬가지였다. 학교의 모든 남자 선생님들이 돌아가면서 하루씩 기숙사 사감을 맡았는데, 신입생인 우리로서는 모르는 선생님인 날이 아직은 더 많았다.

"이 새끼들 빨리 안 자?"

낯선 목소리가 기숙사 복도로 들어왔다. 야간 자율 학습을 마치고 기숙사에는 일종의 해방감이 퍼져 있었다. '대단히 무섭기야 하겠어?'라며 호실 문을 열어본 나는 얼른 닫고 침대 위에 고꾸라졌다. 복도에서는 한 녀석이 어물쩡대다가 선생님한테 붙잡혀 얻어터지는 중이었다. 자칫 잘못하면 내가 그렇게 될 뻔했다. 기숙사 1학년 층이 전부 다 그 선생님의 날벼락을 맞은 날이었다. 알고 봤더니, 2, 3학년 선배들은 사감인 선생님에 대비해 이미 호실의 불을 다 꺼놓은 상태였다. 당일 사감이 누구냐에 따라 어떻게 생활해야 되는 지를 그런 식으로 배워갔다. 살수록 기숙사란, 산허리로 둘러싸인 학교에서 잠자는 답답한 일이었다.

4

전학

밤 열한 시 반, 종이 울리면 통학생들이 썰물처럼 학교를 빠져나간다. 얼마나 무서운 학교였냐면 그 많은 학생들이 한꺼번에 나가는데도 물보라 하나 안 일으켰다. 형광등 불빛이 얼어붙은 교실에는 내가 멀뚱멀뚱 창문 밖을 바라보고 있다. 통학생들이 줄줄이 빠져나는 그게 뭐라고 아까부터 그렇게나 부러운 눈빛이다.

"엄마 진짜로 전학가면 안 되나?"

한 달에 두 번씩 나오는 외박을 나왔다. 나를 먹이려고 장을 봐놓았다는 엄마에게 나는 오자마자 전학 얘기부터 꺼냈다. 학교 공중전화로 수차례 엄마와 다퉜던 얘기들이다.

"빨래 세탁기에 넣었나?"

엄마는 딴 말을 한다. 기숙사에서 뭉쳐서
온 빨랫감들을 대충 세탁기에다 던지고 돌아왔
다. 나는 처음부터 가지 말았어야 될 학교라며,
학교의 차별과 폭력에 대해 들려줬던 얘기를
또 들려줬다.

"…밥 먹고 나서 아빠한테 물어보자."

부엌을 졸졸 따라다닌 끝에 엄마로부터 받
아낸 대답이었다. 그런데 나는 '아빠'를 듣는
순간 '진짜구나.' 하면서 덜컥 겁이 났다.

한 번도 그렇게 때린 적은 없었다. 목욕탕
에서 내 등을 밀어줄 때 좀 가만히 있으라고 찰
싹은 때렸어도 아빠로부터 뺨을 맞을 줄이야
몰랐다. 엄마는 예상이나 한 듯 나를 당장 부
둥켜안는다.

"이 새끼야, 니가 간다고 갔으면 니가 한 말에 책임을 져야지. 사내새끼가 그 정도도 못 버티면 앞으로 뭐 해먹고 살라고…"

아빠의 손바닥은 엄마의 품 하나만큼이나 컸다. 당연히 아팠지만 그 순간도 나는, 내일 시외버스를 타고 기숙사로 돌아가야 한다는 게 더 아팠다.

열한 시 사십 분 또 종이 치면, 기숙사생들만의 야간 자율 학습이 시작된다. 통학생들이 빠져나가는 동안 기숙사생들은 지정된 교실로 다 모여들었다. 오늘 사감을 맡은 선생님이 복도로 어슬렁 하고 나타났다. 다닌 지 한 학기만에 전학을 가려고 했던 나는, 지금도 전학을 가고 싶지만, 이곳의 먹잇감이 되지 않기 위해 최선을 다하는 척 한다.

6

포항

기숙사를 나와 경주에서 하룻밤을 잔 뒤, 다시 기숙사로 돌아가기 위해 시외버스를 탔다. 달리는 창밖으로 기와지붕의 개수가 줄어드는 게 경주를 빠져나가고 있음이다. 내가 앉은 버스 맨 뒷자리엔 열일곱 살이 슬픔을 삭이는 냄새가 난다. 다음 외박 때까지 입을 옷가지와, 사감의 눈치를 보더라도 숨겨놓고 먹을 과자 부스러기들로 가방 속은 커다랗게. 그러나 귀에 꽂은 mp3 이어폰에선 나를 좀 살려달라는 차원의, 신께 기도하는 찬송가가 흘러나오고 있었다.

　　창문 밖에 기와지붕 대신 세련된 건물들이 보이면 아마도 거기부터가 포항이다. 경북에서 제일 큰 도시답게 건물들끼리 또 간판들끼리 경쟁을 벌이고, 공업도시란 제 이미지를 따돌리려고 아름드리나무들도 곳곳에 심어 놨다. 하지만 내겐 소용없다. 창밖으로 지나가는 모든 것들이 내겐 회색으로만 보이기 때문이다. 도착한 포항시외버스터미널은 맞닿은 경주의 서너 배 넓이나 된다. 맨 뒷자리에서 일어나 바깥으로 내리는데, 내려오는 일이 이리도 쉬운 걸로 보아, 나란 아이도 회색을 띠고 있나 보다.

경주에서 시외버스를 타기 전 엄마는 나에 대한 안타까움을 삼키면서 내려서는 꼭 택시를 타라며 차비를 챙겨줬다. 줄 선 택시들 가운데 아무거나에 올라타서

"아저씨, 영신고등학교로 가주세요."

그러는 나는 아저씨한테라도 따져보고 싶다. 저 역시 딴 녀석들처럼 중학교 졸업식 이후에 경주에 있는 고등학교를, 그것도 제일 공부를 잘해야만 간다는 고등학교를 갈 수 있었는데, 저는 왜 포항으로 온 걸까요…….

7

특반

나는 전학을 가고 싶단 이야기를 기숙사에 흘리고 다녔다. 전부 타지로부터 와서 교실과 기숙사만 왔다 갔다 하는 친구들에게 나만 힘든 척을 한 꼴이다. 그런데 아빠한테 뺨을 한 대 얻어맞고는 아무 소용이 없는 이야기가 됐다. 친구들한테 이야기해봤자 한 대 맞은 곳만 얼얼했다. 나는 입을 꾹 다물고 한동안 이런 저런 생각을 해봤다. 2년 반이나 더 다녀야지 이 학교를 졸업할 수 있는데, 지금처럼 힘든 척을 할 바엔 학교가 시키는 공부란 걸 해보자.

야간 자율 학습을 열두시 반에 마치고도 더 남아서 공부를 하고 들어왔다. 들어왔는데도 아직도 호실에 불이 켜져 있자,

"불 좀 끄자. 좀 자자."

모처럼 허락이 되는 사감 선생님 날이었는데 애들에게 눈치를 줬다. 우리 호실의 나무 이층침대 다섯 개. 내가 힘든 척 흘리고 다닐 때 아무도 귀를 막지 않고 들어줬었다. 얼마나 지난 일이라고 나는 너희와 달리 공부만 해온 사람처럼 지금 행동하고 있다. 내 등수는 조금씩 나아졌다. 2학년에 올라갈 때엔 우리 호실에서 거의 유일한 특반 학생이 되었다.

특반.

쉬는 시간까지 단어장을 놓지 않는 '범생이'들과 기싸움 같은 걸 벌일 일도, 기싸움에서 밀릴 일도 없었지만, 시험 성적만 나왔다 하면 나는 책상 아래로 푹 꺼지곤 했다. 나는 이 교실의 중하위권 학생이었다. 모의고사를 거의 안 틀리다시피 하는 녀석들 틈에, 그래도 내 성적이 얼마 전부터 조금씩 오르고 있다는 건 아무도 눈치 못 챘다.

"이학주이 칠판 앞으로 나와 봐."

누구나 무서워하는 영어 수업 시간에 내 이름이 불렸다. 참고로 다른 수업 시간이라면 상위권의 이름 말고는 불릴 일이 잘 없다.

"네?..."

좀 어리둥절하면서 앞으로 걸어 나갔다. 그러는 동안 선생님은 칠판 앞에서 물러나고 있었고, 교실 저 뒤편에 도착해서는

"노래 한 곡 불러 본다. 시작."

정말로 어리둥절했다. 교실인데 친구들 앞인데 노래를 불러라니. 나는 어떡하지, 어떡하지... 하고 서 있을수록 이쪽이 무대인 것 마냥 다들 쳐다본다.

"하~루 단 하루라도 좋겠어~"

무작정 시작해 버렸다. 유행하는 가사를 딱 한 소절 부르는데, 계속 부르다간 심장이 터질 것 같았다. 교탁 위에 놓인 회초리를 마이크처 럼 들어봤다.

"널 잊고 살수만 있다면~"

마이크가 부르르 떨린다. 오히려 나은 방법 이겠다 싶어 나는 뒤로 휙 돌아, 칠판에다 대고 노래를 부르기 시작했다. 몇 명 비웃는 소리를 들었다.

"사랑해~ 그 세 글자가 늘 나를 아프게 해~"

끝내 버리고 다시 휙 돌았다. 저기 뒤편에서 선생님이 입 꼬리를 씰룩거리시고, 녀석들은 칠 판에 대고 부른 건 우습지만 그래도 나쁘지 않 은 실력이라며 박수를 쳐 줬다. 나는 얼른 들어 가 보겠습니다 인사를 한 뒤 자리로 들어갔다.

누구나가 영어 선생님을 무서워하듯 나도 무서워했다. 그러나 칠판에 대고서까지 노래를 끝마친 건 절대 선생님이 무서워서가 아니었다. 영어 선생님은 다름 아닌 내 1학년 때의 담임선생님이셨다. 내가 입학한지 한 학기 만에 전학을 가겠다고 난리친 걸 아셨고, 그 뒤로 마음을 바꾸고 공부를 시작한 것도, 특반 내에서의 중하위권 성적을 끌어올리고 있는 것도 아마 다 알고 계셨다. 이런 나를 북돋아주려고 '이학준'을 불러 낸 선생님께 갑자기 시키는 노래라도 부를 수 있다는 걸 보여드리고 싶었다. 아주 우스워지긴 했지만, 선생님의 입꼬리가 씰룩거리는 걸 보았으니, 나는 그걸로 성공했다.

8

이학준 개새끼

교무실의 분위기는 그야말로 교무실 같았
다. 나머지 선생님들은 내가 들어오거나 관심도
없고, 나는 살금살금 담임선생님한테로 잘 도
착하면 됐다. 선생님 옆에 높인 의자에 가서 앉
았다. 선생님으로부터 무슨 말이 나올지, 나는
자세도 한 번 못 고치고 기다렸다.

　　"니 도대체 시험 치면서 뭐 했노?"

　　예상했던 말들 가운데 한 가지였다. 선생님
앞 컴퓨터 화면엔 내 수능 성적표가 떠 있고

　　"니가 마지막까지 잘 따라와 준 건 알겠는
데,"

　　하지만 벌써 늦었다. 교무실에 앉아 있는

열 명 남짓한 3학년 담임선생님들한테 다 들렸다. 책상들끼리 칸막이 하나로 나뉘어져 있는 선생님들 중엔 내 1학년 때의 담임선생님, 즉 영어 선생님도 들어있었다.

"…아무튼 이 성적 가지고는 지방 국립대도 못 넣는다. 가 봐."

일어서서 교무실을 나가는데 영어 선생님 자리를 보았다. 거기에 앉아 본인의 컴퓨터 모니터만 들여다보시는 모습이 일부러 나를 위해서 그러시는 것 같아 철렁했다.

교실로 돌아오자 내 다음 번호가 불려갔다. 그리고 의자에 앉아서 나는 가만히 열이 오르기 시작했다. 가채점한대로 나온 수능 점수 때문이 아니라, 담임선생님으로부터 들은 말들 때문이었다. '니 도대체 시험 치면서 뭐했노?' 이 학교에서 학생을 혼내려는 이유란 수백 가지가 넘겠지만, 마지막인 수능 망친 것 가지고도 혼나야 하다니. 나는 아까 교무실에서 무슨 잘못을 저지른 마냥 고개를 푹 숙였던 게 자꾸 후회스러웠다.

그리고 며칠 후에,

"이학준 이 개새끼야."

담임선생님이 교실로 들어와서 나를 '개새끼'로 불렀다. 나는 듣자마자 알아차렸다. 진학 상담에서는 지원하지 않기로 했던 지방 국립대를 내 맘대로 전부 지원해버렸기 때문이다. 최소 나보다 높은 곳들을 지원했을 우리 반 녀석들이 힐끔힐끔 나를 쳐다본다. 이학준 개새끼……. 타지에서 모든 걸 포기해가며 공부만 했는데 그 결과가 개새끼라니. 만약에 지원한 세 군데를 전부 떨어지고 나면, 그때 나는 어디로 가야하지.

3

부산

1

무용담 하나 없어도

내 룸메이트 형은 내가 있거나 말거나 책상에 앉아서 저렇게 공부만 한다. 나는 반대로 침대에서만 지내는데, 둘이 따로 사는 것 같다. 형이 공부하는 뒷모습을 눈으로 쿡 한번 찔러본다. 달라도 지금 기숙사 저녁시간을 기다리기는 형이나 나나 마찬가지일 것이다. 나는 옷장으로 가서 몇 벌 안 되는 내 옷들을 이런 저런 식으로 조합해본다. 내일 선배들로부터 귀여움을 받기 위한 노력이다. 결국엔 또 침대로 돌아가는데, 열 명이서 살던 고등학교 기숙사에서 이렇게 두 명이서 살게 되니, 이상하게 공기가 차가운 것 같다.

정해진 시간에 학식을 먹고 나면 밤 시간이 남는다. 사용하는 방법은 잘 모르겠고, 그렇다고 룸메이트 형처럼 공부는, 고등학교 때로 돌

아가는 것 같아 못 하겠다. 그래서 기숙사 1층
에 있는 편의점으로 모이라고 그랬다. 기숙사에
사는 우리 과 새내기 남자애들한테 말이다. 컵
라면 한 개씩을 들고 테라스에 앉아서는 고작
한다는 얘기가 고등학교 때의 무용담들이다.
몇 학년 때 여자친구와 스킨십을 나눴고, 몇 학
년 때 벌써 술을 배웠다고 하는. 나는 그것들
을 들어주면서 불어넣는 컵라면에다가 감동을
한다. 이런 컵라면 하나를 먹기 위해서는 통학
생들에게 받아 놓은 걸 숨겼다가 성격이 완만
한 사감 선생님 날 기숙사 비상계단에 쪼그리고
앉아 먹었었다. 그러던 내가, 국립대학교도 합
격해 기숙사 야외에서 먹고 있으니, 너희들처럼
무용담 하나 없어도 나는 그 시절 고등학교가
안 그립다.

2

춤

출석이 불리면 대답하는 목소리들이 여전히 떨리는 기운이 있다. 그야말로 전부 새내기들인 강의실에서 또 참석하지 않은 목소리.

"김은지. …김은지는 또 안 왔나?"

한 타임이 끝나고 쉬는 시간, 누군가가 교수님을 향해 튀어나간다. 최대한 예의를 갖추어서 교수님께 지각 처리를 부탁하는 저 애, 바로 김은지다. 오늘도 튀는 옷차림을 하고 수업 중간에서야 나타났다. 대학생이면 지각도 결석도 하고자 하면 할 수 있다는 걸 저 애를 통해 처음 알았다. 가끔 저런 식으로 나타나서 학교에 제 옷차림만 자랑을 하고 사라지는데, 같은 과 새내기라는 것 말고는 나와 공통점이 없는 아이 같았다.

"같이 클럽 갈래?"

평범한 새내기 복장인 나한테 와서 같이 클럽을 가잖아. 자기 친구들하고 노는 데에 나를 데려가고 싶다나. 춤 까짓것 못 춰도 상관없으니 주민등록증 있나만 확인하란다. 나는 겁이 났지만, 클럽이란 과연 어떤 곳인지 궁금하기도 해 김은지를 믿고 따라가봤다.

"저기 내 친구들 보이나?"

그럼 당연히 보인다. 클럽 인근에서 기다리고 있는 김은지의 친구들은 내가 어디서도 본적이 없는 옷차림과 머리 모양을 하고 있었다. 면바지에 니트를 입고 있는 나하고 인사를 나눈다. 틀린 그림 찾기 속 틀린 그림처럼 나는 나만 조용히 숨죽이게 됐다.

김은지가 가르쳐준 대로 입구에서 주민등록증을 빼내 보여주고, 계단을 타고 지하로 내려갔다. 그런데 계단을 밟는 발 속도가 점점 느려질 수밖에 없었다. 바이킹의 고함 같은 전자음악 소리가 계단을 밟을수록 더 크게 달려왔기 때문이다. 다른 애들은 놀라지도 않고 계단을 내려간다. 나는 당황한 나머지 "김은지!" 하고 불렀는데, 바로 앞에서도 돌아보지 못할 만큼 클럽이란 그런 장소였다.

내가 엉거주춤 뒤에 서 있자 김은지는 날 잡아당겨서 저희처럼 춤을 추잖다. 그러기가 도저히 안 돼 일단 술을 사러간다 하고 빠져나왔다. 병맥주를 사서 들자, 나는 여기에 있는 사람들과 공통점이 한 가지 생긴 것 같아 안심이 좀 됐다. 공통점을 마련하기 위해 계속 술을 시켰다. 그리고 언제였을까 김은지한테로 들어갈 수 있다는 용기가 생겼다. 못 추지만 그냥 따라 춰가며 나는 이런 데에서 놀 줄도 아는 내가 자랑스럽기까지 했다.

또 클럽에서 놀다가 첫 차를 타고 기숙사로 들어오면, 일찍 깨는 룸메이트 형이 뒤척이다가 깬다.

"이런 옷도 입나?"

불편한 심기를 그런 식으로 드러냈을 지도 모른다. 술 냄새나 풍기면서 나는 내 옷차림이 완전히 바뀌었음을 또 한 번 인정해본다. 김은지의 친구들, 아니 이제는 내 친구가 된 그 애들로부터 옷차림뿐만이 아니고 머리를 꾸미는 거며 귀 뚫는 것까지 배워서 따라했다. 형이야 이런 내가 못마땅하겠지만 나는 지금 빨리 씻고 나와서 침대로 가고 싶은 맘뿐이다. 어른이되는 방법들 중에 한 가지를 터득한 마냥 나는 오늘 오전 수업도 들어가지 않을 것이다. 나는, 자면서도 춤을 출 것이다.

3

무제

과마다 신입생들이 밀려오자 내 가슴팍에도 선배라는 배지가 달렸다. 과방 앞 사물함을 쓸 때도 조심스럽다. 하필 과방 문이 열리거나 하면 유난스러움을 즐기는 새내기들이 앞 다퉈

"선배, 안녕하세요!"
"선배! 안녕하세요!"

그러면 일부러 덜떨어진 말투로
"아… 아 안녕."
하고 나는 부리나케 도망친다.

사물함에서 내 두꺼운 전공 책들이 나왔다. 후배들이 이것마저 봤다고 하면, '선배는 저런 두꺼운 책들도 감당해내시는구나.' 제발 오해하지 말았으면 좋겠다. 사학과 09학번인 나는

처음부터 배울 맘 하나 없이 산 책들이며, 내용은커녕 책 제목이나 간신히 외운다. 이뿐이겠는가. 성적이 떨어져서 얼마 전에는 기숙사로부터 쫓겨났고, 국립대 학생이면 한 권씩은 다 샀다는 토익 책 한 권이 없다. 후배들 눈에 안 들게 최대한 덜떨어진 선배인 척 하는 게 이런 나로서는 훨씬 더 마음이 편하다.

2학기가 끝나간다. 친구와 같이 사는 원룸을 비워야 되는데, 아르바이트 중인 레스토랑에서 일을 조금만 더 도와줄 수 있겠냐 부탁해 온다. 나는 고향집으로 가면 공무원 시험 준비해란 잔소리나 들을 테고, 그럼 일을 돕기로 하되, 잠은 레스토랑 휴게실에서 청하기로 했다. 가장 늦게 퇴근하시는 주방장님을 감히 내가 배웅해드리고 레스토랑 안을 전부 다 소등시킨다. 그리고 씻고 나서 휴게실의 간이침대에 누우면, 이것도 뭐 그리 나쁘지 않은 잠자리이다.

누워 멀찍이 보이는 tv에서는 다큐멘터리

가 틀렸다. 제목이 '홍대.' 젊음과 관련해서 많이 들어본 곳이다. 부산으로 치자면 서면이나 남포동쯤 되겠네. 그런데 보다보니, tv 속 젊은이들은 전혀 본 적 없는 방식으로 살아간다. 음악이 하고 싶어져서 무일푼으로 이곳으로 왔단다. 부동산에 들어가 사정을 말씀드렸더니, 그 젊음을 응원한다며 누울 수 있는 방을 마련해 주셨단다. 생계야 아르바이트를 하면서 유지해 나간다. 그리고 저와 비슷한 사람들과 함께 음악을 하는데 그 모습이 마치 물감 같았다. 현재 내가 섞여 있는 국립대 학생들, 두꺼운 토익 책에 눌려서 살아가는 삶과는 달랐다. 차가운 간이침대 위가 뜨끈뜨끈해졌다. 레스토랑과 약속한 며칠을 채운 뒤에 방학 동안만이라도 저곳에 가서 살아보는 건 어떨까.

4

홍대 ^{2010년 12월}

'문화 고시텔'

처음 저 글씨를 읽던 날 원룸 보증금이 없던 나도, 바퀴가 닳아서 쉬고 싶었던 캐리어도 얼마나 기뻐했는지 모른다. 그래서일까 고시텔을 나설 때마다 나와 닮은 젊은이가 거리를 서성이고 있으면 어쩌나 하는 괜한 염려를 하는 것이다. 현관문에 적힌 '고시텔' 글씨가, 그런 젊은이가 있으면 자기가 꼭 아는 체하겠다고 나를 달래어준다.

나는 평소처럼 이어폰을 귀에 꽂고 현관문을 열었다. 그런데 따로 노래를 켤 필요가 없어져 버렸다. 바깥은 온통 흰 눈이 따뜻하게 내리는 소리들로 가득했기 때문이다. 창문이 없는 내 방엔 소식조차 들리지 않았는데, 하얀 카

펫을 깔아놓고 하늘이 잔치를 벌인지는 한참이
지나 보였다. 나는 지금에라도 밖으로 나온 것
에 감사함을 느끼며 조심스럽게 눈 위를 밟았
다. 고시텔의 차가운 대리석 바닥보다 발아래
가 훨씬 따뜻해지는 것 같았다. 본인도 설레었
는지 가로등이 오늘따라 일찍 불을 밝혔다. 어
스름마저 걷힌 가로등 아래엔 눈이 더 많이 내
리는 것 같아 나는 그쪽으로 걸음을 옮겼다.

홍대의 밤은 눈 내리는 오늘도 수많은 젊
은이들을 불러낼 준비를 한다. 굳어지지 않은
물감들이 만나서 또 어떤 색깔로 흘러내릴지
나는 벌써부터 기대가 된다. 바깥을 못 본다는
게 아쉽겠지만, 나는 아르바이트를 하는 레스
토랑에서 걸음을 멈췄다. 뒤돌아보니 눈 위를
걸어온 내 발자국마다 벌써 다른 이의 발자국
들이 겹쳐져 있다. 어떤 이의 발자국일까. 나는
소리가 안 나는 이어폰을 주머니에다 집어넣고
레스토랑 문을 열었다.

5

공무원 준비

가서 군 면제 판정을 받아왔는데 아버지는
날더러 "빨리 시작해서 공무원이나 돼라." 무슨
안 좋은 등수라도 보여준 것처럼. 아버지가 듣
고 기분 나빠해야 된다. "싫은데요. 누구 좋으
라고요. 제일 싫어하는 게 공무원이에요." 그러
나 하고나서 나도 '내 등수가 나아질 수는 없잖
나.' 속으로 그랬다. 나는 아프니까……. 2학년
을 마친 시점에 휴학계를 내고 부모님 집으로
들어왔다. 되든 안 되든 공부를 해보라는 게
지시였다.

　오전마다 도서관으로 밟는 자전거 페달이
더디게 돌길 바랐다. 딴 데로 샐 수도 있겠는
데, 딴 데 갈 만한 데라도 아님 친구라도 있어
야 말이지. 다들 군대에 들어가고 나만 남았다.
그러니 오늘도 내가 몸 고생이 제일 덜 한 셈이

다. 속이 상해, 시험을 한 번 만에 붙고 공무원
될 거란 상상을 가져본다. '동사무소 의자에 앉
아 하루 종일 있겠다고? 내가 정말 가능할까?'

도서관을 나올 때 산으로 해가 내린다. 그
러나 내일 또 오르기 위해 해내는 것일 뿐, 항상
저 높이인 산이 오히려 더 행복하다. 퇴근길에
도 막히지 않는 경주의 차 한 대, 한 대를 따라
페달을 밟고, 집 대문에 들어서서는 인사도 안
한다. 그런데 저녁에 삼겹살을 구워주잖아, 또
맛있게 들어간다. 나는 자존심이 퍽 상해 '빨리
시험에 떨어지고, 복학해서 듣고 싶은 수업 맘
대로 신청해버려야지.' 각오를 삼킨다.

6

her

"야! 수건은 부엌 건조대에 보면 있데이!"

제법 컸는데 못 들었나. 다시 '야!' 하려는
찰나, 복도를 빠져나갔다. 못 찾으면 자기가 알
아서 전화 오겠지 하고 나는 강의실로 들어가
버렸다.

"니 아까 복도에서 그렇게 소리치면 어떡하
자는 건데?"
"언제?"
"아까 니 수업 들어가기 전에."
"아~"
"어떤 남자 선배가 뭐라 한 줄 아나? 내보
고 니랑 막 집도 드나드는 사이냐고 하더라."
"맞잖아."
"아니 그 말이 아니라!"

"아…. 맞네. 그렇게 보일 수도 있겠다. 조심해야겠다. 그렇다면 우리 집에서 머리 좀 그만 감아 줄래?"

"싫은데?"

사학과인 내가 디자인과 수업만을 듣던 학기 중에 발생한 일이다. 전과생도 아니고 그렇다고 복수전공에 합격한 것도 아닌 나는 디자인과 건물 내에서 도강생과 같은 이미지였다. 그런 내가 가뜩이나 여기를 휘젓고 다닌다는 노현지한테 소리친 것이다. 수건은 건조대에 보면 있을 거라고. 대놓고 복도에서.

나는 디자인과가 너무 즐거웠다. 여긴 노트에 받아 적는 식이 아니라서 교수님의 생각과 내 생각이 반드시 같을 필요가 없다. 교수님들 또한 본인의 목소리가 전부 다 먹히지는 않음을 알고 계신다. 그 대신에 과제가 산더미이다. 할 줄도 모르는 나는 집에서 해보다가, 해보다가 도저히 안 되겠잖아, 그럼 학교로 다시 돌아오면 된다. 디자인과 건물에는 이미 밤 샐 각오로 남아 있는 학생들이 어지간히 많다. 그 친구들한테 물어가며, 같이 놀아도 가며, 과제들을 하나씩 끝마칠 수 있었다.

내가 안 사도록 도구들을 빌려주고, 교수님마다의 특징을 알려주고, 자신의 팔불출 이미지를 활용해 과 여럿에게 나를 소개시켜주는 그녀. 노현지였다. 타과생이라는 것 때문에 스스로 몸을 사리고 있으면 "뭐 어때?" 라는 말로 나를 걷어차 주기도 했다. 나도 그녀에게 도움이 되고 싶었다. 집이 먼 그녀가 학교에서 밤을 샜다고 할 때 내 자취방에서 머리를 감도록 허락했다. 물론 내가 집을 나와 있을 때에만 말이다.

본인이 진지한 줄 모르는 나와 본인이 촐싹대는 줄 아는 그녀랑은 시너지가 좋았다. 어느 날 글을 쓰고 있는 내 모습을 보더니 자기가 글 밑에 그림을 그려보면 어떻겠냐고 제안했다. 그

리고 하나씩 완성시킬 때마다 블로그에 올려서
자랑해보잖다. 나는 얼떨결에 응해버렸다. 내
글을 읽고 그렸다고 하는 그녀의 그림은, 도저
히 내 글과는 달랐다. 처음엔 그 가벼운 느낌이
불만이었는데, 나중엔 쓸데없이 진지한 나를
벗겨내는 데에 큰 도움이 되었다. 블로그에 달
리는 댓글들도 재밌었다. 내 글을 가지고 더 넓
은 세상에 가봐야겠다는 생각을 그때 처음 했
던 것 같다.

디자인과 수업 신청을 하기 전 우리 과 사
무실을 찾아갔었다. 조교 쌤이 말씀하시길, 타
과생이 신청을 한다고 해서 위반은 절대 아니
지만 과연 네가 디자인과 수업을 따라갈 수 있
겠냐고 그러셨다. 같은 날 노현지한테 찾아갔
다. 그녀는 "뭐 어때? 들어보고 별로인 거 같으
면 너네 과로 돌아가라. 졸업이 늦어지기밖에
더 하겠나?" 하길래, 나는 본 학기를 전부 디자
인과 전공으로만 채워버렸다. 그 다음 학기엔
디자인과로의 복수전공 시험까지 치렀지만 떨

어졌다. 그러나 나는 후회해본 적은 단 한 번도 없다. 내가 찾아갔을 때, "뭐 어때?"라고 해준 현지가 아직도 고마울 따름이다.

7
복수전공

아침마다 디자인과 건물로 들어서면 마치 물속에 들어온 것 같았다. 복도 곳곳에 난파된 것 같은 조형물들이 서 있고, 간밤에 저런 걸 만드느라 다퉜을 졸음들이 입을 벌릴까 말까 하는 조개의 함성처럼 들렸다. 인문대 건물로만 드나들었던 내가 여기에 과연 잘 적응할 수 있을까 했는데, 얕은 물에서 나는 제법 헤엄도 칠 줄 알았다.

그리고 마침내 물속 깊은 곳에도 들어갈 용기가 생겼다. 한 학기 동안 들었던 디자인과 전공 다섯 과목에서 전부 A를 받아낸 것이다. 사학과로는 단 한 번도 받아본 적 없는 학점인데 말이다. 나는 복수전공까지 마쳐서 지금의 도강생 이미지가 아닌 제대로 된 디자인과 학생이 돼보기로 결심했다. 서둘러 미술학원부터 등록

해야만 한다. 수업만 듣는 것과는 달리 복수전
공을 하기 위해선 '발상과 표현'이란 미술 실기
시험을 반드시 치러야 했기 때문이다.

　여느 미술학원이나 입구엔 자신들이 길러
냈다는 학생들의 작품이 전시돼 있다. 물감들
이 너무나 입체 같아서 그 앞을 지나칠 때 발걸
음조차도 느려지는. 공공연한 빛까지 쪼개어가
며 그렸을 저들의 실력은 아마도 역시 노력이었
을 테다. 나도 저런 걸 그려내야 된다는데 시험
까지는 고작 방학 3개월 동안만이 남아 있다.
디자인과 친구의 손을 붙잡고 이 애가 일한다
는 미술학원을 찾아가보았다. 학원 원장님께
서 내 상황을 잠잠히 들어보시고는, 왜 이제서
야 찾아왔냐는 물음을 삼키시는 듯, 그럼 하루
도 빼먹지 말고 학원에 나오라는 말씀을 해주
셨다. 고등학생들 틈바구니인 이곳이라도 전혀
문제가 되지 않았다. 배려해주신 대로 창가 맨
구석 자리에 앉아 과연 합격이 될 만한 그림인
지 점을 치듯 그려보고 그려보다 보면, 다들 어

디로 사라졌지, 오늘도 제일 마지막이구나 그제
야 알아차리고 붓을 씻으러 나서는 것이었다.

시험 결과가 발표된 날이었다. 입시만큼 까
다롭게 심사하지는 않는다 들었는데 '불합격'
이란 소식이었다. 함께 수영하고 놀았던 디자인
과 친구들을 물속에 남겨두고 혼자 밖으로 나
와야 했다. 그러나 내 몸은 이미 한 학기 동안
에 흠뻑 젖어버린 상태였다. 어디론가 들어가서
젖은 몸을 좀 말려야 되겠는데, 나를 받아주는
곳이라고는 벽돌 색깔마저 건조한 인문대 건물
밖에 없었다. 한 사학과 친구가 다가와서 말 건
넨다.

"학준아. 니도 그냥 공무원 준비해라. 우리
과 나와서는 답 없는 거 알잖아."

사학과가 줄 수 있는 최선의 위로 멘트일
것이다. 그러는 친구의 팔엔 토익 책만큼이나
두꺼운 경영 혹은 경제학과 전공서적이 들렸

다. 나에게 춤을 가르쳐줄 땐 언제고 이제 와서 나보고 공무원을 준비해라니. 그러면서 저만은 경영, 경제 쪽으로 복수전공을 하고 있다는 김은지한테 배신감마저 밀려왔다.

담배를 안 피우는 나와 김은지는 인문대 건물 앞 흡연구역 의자에 앉아서 나란히 수업에 들어가기를 싫어하곤 했다. 사학과 전공수업들은 도무지 우리와 어울리지 않는다고. 절반 이상이 한문으로 된 수업을 견딜 바엔 지난번처럼 남포동 구제시장에 옷 구경이나 하러 가자고. 그러던 김은지였는데, 마치 사학과들처럼 나에게 위로 멘트를 치고는 저 멀리 인문대 복도를 사라지고 있다. 예전 새내기 때 가끔 학교에 나타나서 제 옷맵시만 자랑하고 사라지던 그 뒷모습이 아니다. 축축하게 젖은 상태로 마르지 않는 나는 가만히 복도 한가운데에 서 있다.

8

가자미와 만년필

수능을 막 끝내고 진학 상담을 받던 날이 떠오른다. 우리 반 서른다섯 명 중 인문학을 전공하겠단 사람이 딱 몇 명 있었는데, 그중에 한 명이 나였다. 다른 녀석들은 졸업 후 취직이 잘 된다는 이유만으로 전부 경영학과 아님 경제학과를 지망했다. 문구점에서 샤프심을 고르듯이 쉽게 쉽게 진학 상담을 마치는 녀석들을 바라보면서 나는 나만이 만년필을 골랐다라고 믿었다. 샤프심보다야 훨씬 더 값비싼 만년필을.

사학과 신분으로 한 학기를 디자인과로만 채워보고, 떨어진 다음엔 5학년까지 다닐 기세로 국문학과로 복수전공도 해봤다. 별별 수업을 다 듣다 보니 강의실에서 쫓겨날 뻔도 해봤고 그러나 교수님을 찾아가서 제발 듣게 해달라고 빌어본 적도 몇 번 있다. 재수가 좋았는가, 4학년 이내로는 졸업을 할 수 있게 되었고, 지금이 바로 그 마지막 학기이다. 그렇다면 지금의 나는 내 만년필의 농도를 알맞게 맞췄을까.

잠들려고 눈을 감으니까 고3 때 우리 반 녀석들이 가자미눈으로 날 내려다본다. 진학 상담을 받던 그 날 같은 비릿한 눈빛이다. 나는 그날 내가 고른 만년필이 훨씬 더 값어치 있을 거라 믿었는데, 알맞은 농도를 못 찾을 바엔, 진하기가 미리 정해진 샤프심도 괜찮았을 거란 생각이 든다. 저 녀석들을 좀 봐라. 한쪽 면밖에 안 보이겠지만 지금의 나보다야 훨씬 더 팔딱거리고 있잖나.

9
부산

스스로 사학과라서 싫다더니 아르바이트로
는 보습학원에서 한국사 강사 일을 한다. 좀
이따 칠판 앞에 섰을 때 조마조마해하지 않기
위해 대학생 신분인 강의실에서조차 몰래 한국
사 문제집을 펼쳐본다. 학원의 수업은 중학생
몇 명 앉혀 놓고 하는 아주 소규모이다. 들어주
는 사람은 그 중에도 몇 명뿐이지만 목청껏, 기
왕이면 원장실에까지 티가 나라고 목청껏 가르
친다. 수업을 다 마치고 학원을 빠져나오면, 그
제야 목 안이 칼칼해온다. 바로 앞이 2호선 문
현역이다. 하지만 나는 그냥 지나치고 세 정거
장 거리쯤 되는 집까지 걸어갈 참이다.

부산 사람이 아니라면 한 번씩은 다 헤맬
수 있게 문현로터리의 길도 복잡하다. 더 짧은
길은 고민하지 않고 올 때 버스를 타고 왔던 길

로만 되돌아간다. 활처럼 휜 도롯가에 차선이 더 늘어난 것 같은 기분은, 거기 파라솔을 펼치고 채소를 팔던 상인들이 밤이 되자 전부 사라졌기 때문이다. 나는 요즘에 백만 원이 넘는 월급이 들어온다. 그런데 모아야 될 필요란 여전히 안 생겨서, 학생 식당보다 더 비싼 곳만 찾아다니고 어설프게 번지르르한 대학가 술집을 드나든다. 예전의 그 패기 넘치는 스타일은 아니라도 자켓에 가방, 넥타이까지 사서 제법 고상한 일을 하는 척도 낸다. 본인의 파라솔을 펼치고 싶어 자리다툼을 벌였을지도 모를 이 도롯가를 어리바리하게 백만 원을 다 쓴 내가 밟고 지나간다. 조금만 더 걸으면 그 다음 지게골역이다.

나는 아마도 이 오르막을 걸으려 전철을 안 탔지 싶다. 지게골역을 지나자 대연고개로 불리는 오르막길이 나타났다. 차들만 오르내리는 도로 한 귀퉁이를 오늘 할 일을 다 한 내가 뭉그적뭉그적 걷는다. 도로를 뺀 고개의 나머지에는 주로 어둠이 내려앉았다. 그곳의 골목 하나가 보이면, 가파른 경사를 오래된 집들이 지키고 있다. 그러나 수명이 다 되어가는 듯 활력이 없는 가로등이 조만간 여기에도 재개발이 시작될 거라 알리는 것 같았다. 나는 이제 내리막길이다. 오르막길, 내리막길. 부산에는 평지처럼이나 고갯길이 많다는 걸 요즘 부쩍 실감한다. 이곳의 대학생으로서 그동안 나는 얼마나 고개를 잘 지나왔을까.

곧 내리막길이 끝나면 못골역, 그리고 다음이 내가 사는 대연역이다. 그 주위의 대학가는 자정이 다 되어가는 지금도 초저녁과 마찬가지일 테다. 대학교 4학년이지만 회사원, 공무원 되는 게 싫은 우리들끼리 만약에 오늘도 한 잔한다면 내일 오전 수업쯤은 제끼면 그만이다. 이토록 정해진 것 없이 자유로운 삶인데, 나는 오르막을 걸으나 내리막을 걸으나 왜 밤하늘이 두 뺨에 딱 달라붙어 있는 것 같을까. 오늘도 별이 안 뜨니까 밤하늘은 위치를 잃고 차가운

두 뺨은 애꿎은 밤하늘만 계속 의심한다.

4

서울

1

이방인

아직 일을 배우고 있는 중이라 카페에 이바지하는 것도 없지만

"고생하셨습니다!"

제일 우렁차게 인사드리고 나서 아르바이트를 마쳤다. 카페 문을 열고 나와 홍대 지하철역 쪽으로 걸어간다. 밤 열한 시가 넘은 시각. 복잡한 가로등 불빛과 간판들 사이를 헤매지도 않고 걷는 내가 벌써 서울 사람이 다 된 것 같다. 머쓱하면서도 기분이 좋았다.

8번 출구에 와놓고 발이 새버렸다. 그 앞에 늘어선 포장마차한테로 말이다. 귀퉁이마다 사람들이 서 있는데 나도 거길 비집고 들어가지 않으면 안 될 것만 같았다. 일을 하고서 온 나

와 달리 포장마차 안은 주말 밤을 즐기는 사람들의 마지막 코스였다. 오뎅 국물 한 컵으로 남은 취기를 달래도보고, 그래도 뭔가 아쉬운 건지 떡볶이 한 접시를 왁자지껄 나눠 먹는다. 오직 사장님만이 대쪽 같은 자세로 순대를 썰고 계셨다. 나는 구석에 숨어 혼자서 허기진 배를 채운다. 그런데 반쯤이나 먹었을까, 신도림역에서 갈아타야 되는 1호선 막차가 떠올라서, 그마저도 즐기지 못하고 속도를 높였다.

계산을 잽싸게 마치고 빠져나오는데 전철역 계단을 밟는 게 싫어졌다. 생각해보니까 나는 서울에 오고 나서 주말 밤을 즐긴 적이 단 한 번도 없다. 포장마차 사람들처럼 못 해본 내가 갑자기 억울해졌다. 나는 당장 이 억울함을 풀고 싶다. 지금까지 걸어온 것과 반대로 걸음을 휙 돌려버렸다.

열두 시가 넘었음에도 아랑곳 않고 "주말 밤"을 티내는 홍대. 지금처럼 걸어만 다녀도 첫 차 시간까지 지겹지 않을 수 있을 것 같았다. 나는 사람들이 블록처럼 나뉘어 모여 있는 곳을 발견했다. 홍대에서 많이 볼 수 있는 버스킹 공연들. 어떤 블록으로 들어가 볼까 하다가, 구경하는 사람들 숫자가 제일 적은 곳으로 갔다. 키보드를 치면서 노래를 하는 한 명, 젬베처럼 생긴 타악기를 치는 나머지 한 명. 영어 가사로 된 음악을 들려주는데 자작곡일지도 모른다할 만큼 낯설었다.

이것까지만 듣고 블록을 옮겨야지 할 때, 똑같이 와이셔츠에 넥타이 차림을 한 중년 남성 세 분이 나타났다. 공연 옆의 얕은 계단으로 걸터앉는데, 마치 술자리를 잇듯 앉자마자 본인들끼리의 잡담을 나눈다. 공연 중인 둘한테 귀를 기울여나 줄까 의구심부터 들었다.

분명 영어 음악이 더 하고 싶은 둘 같았는데 의아했다. 바로 다음이 김광석 노래라니. 옮길 거라던 나는 조금만 더 지켜보기로 했다.

…분주했던 주변이 가만히 정리되는 느낌인 건, 김광석 노래 때문이기도 하지만 계단에 앉은 중년 세분이 사담을 접고 공연에 집중해주었기 때문이다. 그들 중 나와 가장 가까이의 한 분은 공연 대신 고갤 들어 계속 허공을 바라본다. 먹먹한 표정으로, 이곳을 점령한 젊은이들을 피해, 허공에나마 본인들의 젊음을 떠올리는 것 같았다. 한 곡이 그렇게 끝나버렸다. 그가 일어나더니 허리춤에서 지갑을 꺼내 버스킹 상자로 오만원권 지폐를 넣고 돌아온다. 그로부터 버스킹은 한창동안이나 김광석의 노래였다.

2

재인쇄

이번에도 인쇄가게에 들러 스무 권을 더 찍었다. "찍었다"하는 표현이 맞는 게 책의 접는 부분, 다시 말해 책등 위치엔 스테이플러가 박혀 있고, 서른 페이지밖에 안 됐다. 가로, 세로 사이즈는 딱 전단지 책만 했다. 표지임을 나타내려고 누런색을 고른 종이 위엔 세로로,

'괜찮타, 그쟈 이학준'
이라고 쓰여 있다.

스무 권이 구겨지랴 조심스럽게 가방에다 집어넣고 한성대입구역으로 향했다. 거기가 무슨 구 무슨 동에 속하는지 모르고 한성대를 다닌다 하는 녀석은 만나본 적도 없지만, 오늘 스무 권을 찍고 나서는 반드시 가야만 하는 것이다.

전철역을 빠져나오자 그칠 것 같던 눈이 그쳤고, 역 주변 포장마차에 손님들이 제법이다. 사람들 발자국을 다 기억해내고 싶은지 눈은 쌓여서도 자신을 하얗게 비워 놨다. 걸어가는 나는 가슴이 콩닥거린다. 처음 스무 권을 찍었을 때 단순히 이 사람 저 사람한테 내가 글을 쓰는 중이란 걸 알리기 위해서였는데, 이것도 책으로 봐주고 기꺼이 판매를 해도 괜찮다니. 그날 스무 권을 받아준 독립책방이 가까워온다. '오디너리북샵' 유리문 바로 너머로 보이는 진열장에 내 책 샘플 한 권이 놓여져 있다. 얇은 두께가 부끄럽고, 그림이 아닌 글씨로만 된 표지가 쑥스럽지만, 그 내용만큼은 어디에 내놔도 자신 있는 책.

스무 권을 전달해 드리면서 이번에도 감사한 나머지 인사를 푹 드렸다. 곧바로 책방을 나왔지만 나는 또 유리문 너머의 내 책을 빤히 들여다본다. 무슨 볼일이 남으셨나 하면서 사장님이 내 쪽을 살피셨을 때, 그제야 제대로 발을

돌린다. 눈이 그친 눈길은 밟는 자리마다 발자국이 구정물로 바뀌면서 녹고 있다. 나는 책방으로 이어지는 이 길에 구정물이 하나라도 더 생길까봐 이미 밟아 놓은 자리들만 밟으면서 조심조심 빠져나갔다.

3

<괜찮타, 그쟈>

카페 마감을 하랴 분주히 몸을 돌리고 있는데 사장님께서 나를 부르신다.

"학준아 여기 나와 봐. 누가 너 찾아왔어."

더 이상 손님을 받지 않는 시각이었다. 누구지 하는 단순한 마음으로 나가봤더니, 낯선 얼굴의 한 남성이 나를 아는 마냥 기다리고 서 있다.

"누구……?"
"안녕하세요. 이학준씨죠?"

곧바로 이어진 그의 바람이란 내 '괜찮타, 그쟈'를 열 권 살 수 있겠냐는 것이었다. 그의 손에 들린 한 권을 그제야 발견했다. 누군가는 내 책을 읽어주겠지 했는데 그 누군가가 지금 내 눈앞에 나타났다. 나는 눈앞이 너무 가슴 설레어 '열 권'이란 숫자는 나중에 깨달았다. 열 권이란, 내가 이따금 인쇄가게를 들러 찍어오는 숫자를 다 합친 것과 같았다. 지금 한꺼번에 사주시겠다는데 나는 그가 의아할 정도로 고마웠다. 그래도 한 가지 만큼은 궁금했다. 과연 내가 여기서 일하고 있다는 걸 어떻게 알고 찾아오셨을까.

바로, 내가 다니는 미용실을 그도 다닌다고 했다. 나는 미용실 사장님과 퍽 친한 사이인데, 허락을 맡고 거기 잡지들 사이에 놓아둔 '괜찮아, 그쟈'를 그가 읽어본 것이다. 당연히 내가 카페에서 일한다는 것도 사장님으로부터 전해 들었단다. 열 권이나 구하는 까닭에 대해선 일일이 캐묻지 않았다. 단지 너무 고마운 나머지 다음번에 차라도 한 잔 사드리겠다고, 또한 제가 찍는 즉시 연락을 드리겠다고 그로부터 전화번호를 받아냈다.

홍대의 한 찻집에서 만나 '괜찮타, 그쟈' 열 권을 전달했다. 여전히 낯설지만 한순간에 은 인인 것 마냥 나는 대하고 있었고, 그도 내 글 에 대한 애정의 표현을 아끼지 않았다. 자신의 지인들에게 한 권씩을 선물할 거란다. 벌써 머 릿속으로 열 명을 그려놓은 듯 이야기하는 그 의 앞에서 나는 일어나 절을 하고 싶었다. 나보 다 다섯 살 가량 많다는 그를 이제부터 형이라 고 불러야 되겠다. 형, 태윤이 형.

형의 열 권 가운데 한 권이 두 번째 은인인 수영씨에게로 갔다. 형이 말해주길 본인과 함 께 디자인 회사를 다녔던 동생인데, 실력 있는 디자이너이고, 책 선물을 받고 나서 특히나 좋 아했다고 한다. 나는 그녀에게 감사의 말을 꼭 전해달라고 부탁했다. 그런데 형의 본론은 그 게 아니었다. 형은 애초부터 '괜찮타, 그쟈'가 글에 비해 모양이 꽤나 아쉬웠다고 한다. 지금 처럼 스테이플러로 짜깁기한 형태가 아닌, 두 께도 좀 더 키우고 글의 분위기와도 잘 어울리는 복장을 갖춘다면 어떨 것 같냐는 질문이었다. 알고 봤더니, 친하다는 수영씨께서 내 책을 한번 맡아서 디자인해주고 싶다는 손길을 내민 상태였다.

형이 소개시켜준 수영씨는 나보다 한 살 어려 수영이라 부르기로 했다. 수영이랑 태윤이형 나, 셋이서 주마다 모여 책 만들기를 위한 회의를 열었다. 두께부터 키워야 하니까 나는 그동안 써온 글들을 내놨다. 책의 주인은 어찌됐건 '나'인 거라며 나머지 두 사람은 아주 사소한 의견도 내 동의를 구해가며 모았다. 그런데 편집에 대해 아무 지식도 없는 난 계속 고갤 갸우뚱거렸다. 그럴 때마다 둘은 얼마나 내가 답답했을까. 회의를 통해 모인 의견을 바탕으로 수영이가 책을 디자인하고, 인쇄소로 넘겼다. 마침내 내 집으로 배달된 이백 권. 제목은 똑같지만 예전 전단지 책 같았던 '괜찮타, 그쟈'가 아닌 맞춤옷을 입은 백이십 페이지짜리 <괜찮타, 그쟈>였다.

4

홍대 운동장

홍익대학교 정문 다음 첫 번째 건물로 접어들다가 객석을 따라 한 칸씩 떨어지면서 운동장이 훤히 내려다보인다. 무슨 말이냐면 검투사가 되겠단 자신감 정도가 아니면 운동장에서의 농구 연습은 미뤄두잔 소리다. 수업 시간이 좀 남는 학생이거나, 수업을 마치고 터덜터덜 내려오는 학생이면, 다 한 번씩 운동장을 내려다보게 되니.

그래서 경기가 없는 날이 더 많은 운동장에, 시월 며칠 밤부턴지 농구코트 조명마저 안 켜준다. 오늘 밤엔 무조건 농구 경기가 없다. 근데 운동장의 어두운 기색과 상관없이 객석들이 하나 둘씩 차기 시작한다. 모두가 알다시피 홍대 주위의 고요함은 말이 안 되니까 밤공기들의 승패 없는 싸움이라도 보려고 왔나. 객석에는 남녀, 남녀… 둘 둘씩 띄엄띄엄.

　운동장은 보러 와준 게 마냥 기쁘다. 빨리
밤공기들로 보여주기 식 싸움을 시키고, 객석
뒤편에 즐비한 플라타너스 나무들에겐 승패도
없는 싸움을 응원하게끔 한다. 나무 사이사이
섞여 흐릿한 캠퍼스 전등만이 그 모습을 비웃
는다. 보러 와주긴, 둘 둘씩 앉은 자리에서 서
로 얼굴만 뚫어지게 보다가 다정해져서 일어날
텐데. 전등이 어느 둘을 지목하는데, 그냥 모른
척 싸워 주는 밤이다.

5

베스트셀러

방 안에는 내 몫이라며 해가 들어있는데, 나는 오늘도 낮과 밤을 바꾸었다. 한밤중인 나를 핸드폰 벨이 깨운다. 끄기 위해 집어든 핸드폰 화면 속 난데없는 중학교 동창 이름이다.

"여보세요. 응? …진짜가?"

내용을 들은 나는, 와중에 가장 빨리 씻고 나갈 방법을 고민했다. 머리감기만 포기하고 후드를 뒤집어쓴 채 사람들이 활동하는 낮의 바깥으로 나왔다. 버스를 올라타면 두어 정거장이면 도착할 수 있다.

"야, 근데 진짜 내 책 맞더나?"

두어 정거장이면 도착할 건데 기어이 전화

를 걸어 확인을 했다.

"알았다. 다 와간다."

홍대에서 출발해 합정역에 내린 나는 근처의 교보문고로 들어갔다. 오랜만인 중학교 동창이 날 반기고, 사실 그것보다도 빨리 내 책이 어디 있는지 눈으로 보고 싶다.

"이야, 축하한다. 베스트셀러 작가!"

눈으로 보고 믿기도 전인데 녀석이 벌써 날 추켜세운다. 그리고 따라간 에세이 코너에 정말로 내 책이 베스트셀러 칸에 놓여 있다.

'그 시절 나는 강물이었다'

매번 독립출판만 하다가 출판사가 내 준 내 첫 번째 책. 그러나 출판사 이름도 작고, 내 이름은 더 작아서, 걱정을 많이 했었다. 베스트셀러라니. 본인도 샀다라는 친구의 자랑은 안 듣고 나는 한참동안 그 자리에서 내 책만 바라봤다.

정신을 차리니까 이해도, 믿음도 갔다. 내 책을 더해 꾸며진 베스트셀러 칸은 전국 단위의 계산이 아니고, 그러니까 오직 교보문고 합정점 만의 이야기였던 것이다. 그렇다 쳐도 여기 연못 같은 서점 안에 표지가 비단잉어처럼 화려한 책들이 얼마나 많은가. 제작비를 아끼기 위해 무채색으로 표지를 낸 내 책이 이 안에서 인기를 끌었다는 게 그저 대견할 뿐이었다.

6

짧은 꿈

서울의 지하철은 짧은 꿈처럼 한강을 보여
준다. 꿈을 꾸는 줄도 모르고 지나치다가…,
지나쳐버리고 나서 그래 꿈이었지 입맛을 슬쩍
다신다.

문이 닫히고 지하철은 이어서 잠을 잔다.
타자마자 핸드폰을 꺼낸 사람들, 원래부터 만
지고 있던 사람들. 나도 똑같이 핸드폰을 들긴
했지만, 사실은 아까 전부터 계속 외우고 있었
다. 이번엔 꼭 한강을 봐야지. 이번엔 꼭 한강
을 봐야지.

그러나 항상 놓쳤던 꿈은, 가만가만히도 흘
러가는 강물. 바다로 이어진다고 들었는데 그
포부마저 끊긴 듯, 흘러가다가, 끝에는 도시의
빌딩들이 빼곡하다. 너머로 바다가 있다는 걸

한강이 모를 리야 없다. 그럼에도 보이는 곳까지가 저희라며 한강은 빌딩들에게 불만조차도 안 폈다.

하긴, 뭣 하러 한강이 바다로 흘러가 주겠나. 지하철의 사람들은 핸드폰만 만지면서 자고 있고, 어필해 봤자 한 사람도 깨우지 못할 텐데. 오히려 짧은 꿈인 편이 낫다. 짧은 꿈은 자세히 몰라서 달콤하게 취급되니까.

7

공사장 펜스

세수도 안 한 내 체면에서 과제를 하느라 밤을 새운 대학생이 보여야 한다. 한 번 뒤집어 쓴 후드를 고쳐 썼다. 이 문을 통과하면 명지대학교. 뚫어 놓은 이유야 따로 있겠지만, 이 조그마한 문 덕분에 나는 집에서 명지대 정문 맥도날드까지 한 번 만에 간다. 자, 그럼 명지대학생으로 분한다.

문을 통과하고도 별 긴장감이 없는 건 오른쪽으로 길쭉이 늘어선 공사장 펜스들. 이것들을 모조리 지나야만 비로소 대학생들이 나타나기 때문이다. 도심 속 지분이 적은 캠퍼스 내에 또 건물을 얼마나 올리려고 펜스의 높이란 높다랗다.

정말 제대로 후드를 고쳐 써야겠다할 때쯤,

저기 맞은편으로부터 유치원생 무리가 걸어온
다. 캠퍼스로 견학이라도 온 모양새다. 무엇보
다 대학생들 지나치는 게 숙제인 나는 참새 같
은 유치원생쯤이야 가볍게 지나칠 수 있다.

종알종알 참새들은 그런데 계속 신이 나 있
다. 무엇 때문일까 하고 눈동자들을 따라가 봤
더니, 다름 아닌 공사장 펜스. 그 중에서도 높
다란 높이를 가르며 벽지 마냥 발려 있는 초록
색 나뭇잎 사진들이었다. 종알종알. 나는 대학
생들을 만난 것도 아닌데 머쓱해졌다. 맥도날
드로 가기 위해 몇 차례나 이 옆을 지나다녔을
까. 그럼에도 회색을 가로지르는 초록색 나뭇
잎들은 나는 오늘에서야 발견한 것이다. 공사
장 펜스이니까 회색 병풍이지 나는 그랬다면,
서울의 유치원생들은 회색 병풍에도 얼마든지
초록색 자연을 그려놓을 수 있었다.

8

계약 파기

첫 번째의 흥분이 채 가시기도 전에 두 번째 출판 계약을 했다. 작지만 내 글을 좋아해주는 출판사였고, 내가 써오던 대로만 쓰면 책을 출간하기까지 어렵지 않을 거라고 내다봐줬다. 그런 호의가 포근했던 걸까, 나는 글 쓰다가 잘 안 되면 놀러가듯 출판사를 찾아가곤 했다. 멋모르는 내 고민거리들을 편집장님께서 다 들어주셨고, 그런 식으로 자주 만나다보니까 편집장님과 나는 자연스레 술친구가 돼 있었다.

술김에 잘못 나온 말이겠지. 그런데 간밤에 편집장님께서 하신 말씀이 도무지 안 잊힌다.

"출판사하고 계약했음 더 이상 학준씨 글이 아니지."

이런저런 얘길 하다가 나온 말이라 당시에는 그냥 듣고 흘렸다. 술김에 나온 속마음까지 일일이 걸고넘어지는 건 술친구다운 면모라고도 볼 수 없다. 하지만 뒤늦게, '편집장'이라는 위치를 떠올려 보았다. 책을 내기 전 내 글을 솎아낼 수 있는 사람이 바로 편집장님이란 걸 알게 되자, 나는 어저께의 편집장님이 겁이 나기 시작했다. 원고 마감 날짜가 바로 코앞으로 다가왔다. 그러나 혼자 책상에 앉아서 편집장님은 좋은 분이셔, 좋은 분이셔, ……언제까지 속마음을 다져야만 글쓰기를 시작할 수 있을 것 같다.

내가 최종 원고를 보낼 무렵 나와 편집장님은 더 이상 술친구가 아니었다. 계약서를 쓸 당시 편집장님으로부터 듣기 좋았던 말이, '학준 씨 평소 쓰던 대로만 써'였는데, 알고 보니 그 말은 편집장님께서 내게 내준 숙제였다. 원고 메일에 대한 답장이 이렇게나 빨리 올 줄은 몰랐다. 떨릴 새도 없이 열어보니까, 글의 목차 가운데 절반가량이 빨간 색깔로 표시가 돼 있었고, 그 빨간색이란 절대 책에는 실을 수 없다는 뜻이었다.

"계약금 돌려드릴 테니까 계약 취소해주세요."

스스로가 우려했지만 내가 선택한 행동은 계약 파기였다. 문자로 내용을 쓰고 떨리는 손이 보내기 버튼을 눌렀다. 글의 절반이나 빼거나 고치라니. 나는 그 무엇보다 내 원고를 그렇게나 빨리 채점해버린 편집장님의 행동에 대해 화가 나 있었다. 핸드폰엔 한동안 답장이 안 온다. 나는 내가 쓴 문자 바로 밑에 지금 편집장님이 계신 곳으로 찾아가겠다는 내용을 더 보냈고, 결국엔 계약금을 돌려드릴 계좌번호가 적힌 답장을 받아냈다.

9
서울

드라이버로 경첩을 떼어낸 뒤 책상다리들을 따로 모았다. 큰 짐이라고는 책상이 거의 유일하니 트럭 아니고 차 뒷자리일지라도 전부 들어갈 것이다. 나를 도우겠다고 나서준 형 차를 기다리면서 짐 정리가 끝난 자취방을 한 바퀴 돌아본다. 그간 원고를 쓰면서 느껴온 감정들이 먼지와 함께 고스란히 쌓여 있다. 나는 떠나기로 할 수밖에 없었다. 살기도 된 2년을 채우지 못해 새로 들어올 사람을 내가 직접 구해놓고 집주인한텐 위약금까지 물어야 했지만, 나를 갉아먹는 이 방 안의 먼지들 때문에 나는 무조건 떠나야만 했다.

차 뒷자리에 대각선으로 책상을 밀어 넣고, 의자, 이불, 옷가지, 그릇들을 요리조리 실었더니 다행스럽게도 문이 닫혔다. 이제 앞자리에다 나를 태우고 출발한다. 일 때문에 차로 서울과 지방을 오가는 진영이 형이 오늘이면 가능하다고 나를 도와준다. 가는 곳은 부산, 대학교 때 친구네 집이다. 녀석한테 힘든 척을 흘리며 며칠만 신세를 지면 안 되겠냐고 물었더니, 싫지만 오라는 식의 허락이 돌아왔다. 운전석에서 형은 아까부터 나를 이해 못 한다는 눈치이다. 무작정 내려가고 나서는 그다음부터 뭘 할 건지 물어온다. 친구한테 마냥 민폐를 끼쳐서는 안 된다고도 일러준다. 나는 웃음으로 넘기면서 속으로 바다를 볼 거라고 다짐한다. 아무것도, 아무 생각도 안 하고 한 동만이라도 바다를 볼 거라고.

형은 눈치 못 채게끔 앉아 있지만 사실 난 두 다리가 붙어 있는 게 신기할 정도로 해체된 상태이다. 출판이 무산이 되고 나서부터 쭉 이런 상태로 지냈다. 희망이 문득 생겨서 새로운 출판사에게 내 원고를 보내보기도 했지만, 그렇고 그런 거절 멘트만이 돌아왔다. 서울을 차

지한 빌딩들이 나를 잡아먹는 공룡처럼 느껴져
외출을 꺼린 지가 한참 됐다. 형이 운전해주는
이 도로 위에서도 나는 눈이 마주칠 것 같아 창
문 밖을 잘 못 본다. 그러던 도중 서울 톨게이
트를 통과한다. 제 몸으로부터 떨어져 있던 두
다리가 달라붙듯 나는 숨쉬기가 갑자기 편안해
졌다.

10

바다 한가운데

다대포해수욕장을 비낀 부두에 뱃일을 마치고 정박한 어선들. 바다 한가운데에서 흘렸을지 모를 저들의 땀 냄새가 부둣가에까지 파도의 높낮이를 연상시킨다. 어선들 앞앞을 지나가던 도중 나는 배 한 군데에서 걸음을 멈췄다. 그물이 처음 실었을 때처럼 쌓여 있는 모습이, 불가피한 일이 생겨 바다로 더 이상 나아가지 못하고 들어온 배 같았다. 출판을 하고 싶었는데 하지 못한 내가 생각났다. 오늘은 비록 뱃일을 망치고 들어온 배일지라도, 어느 날엔 바다 한가운데에서 준비해온 그물을 던질 수 있지 않을까.

서울로부터 온 지도 벌써 한 달 가까이나 흘렀다. 그동안 다대포 해수욕장을 가는 것 말고는 정말 아무런 행동도 하지 않았고, 처음 내

사정을 딱하게 봐주던 친구도 이러는 나를 점점 답답해하기 시작했다. 바다에 던져버리고픈 응어리들이 아직도 남아 있는데 친구에게는 도저히 알아듣게 설명할 방법이 없었다. '월세' 명분으로 그 애가 받아주는 만큼인 십오 만원을 쥐어줘 봤다. 그래봤자, 내가 이곳에 더 머무를 수 있는 분위기는 자꾸 사라지는 것 같았다.

순간에 벌어진 일이었다. 밖으로 자꾸 나를 불러내주던 친구가, 집에서 내가 한 말을 오해한 나머지, 약속 장소로 내가 대학교 때 짝사랑하던 여자 애를 불러낸 것이다. 약속 장소에 다 와서야 그 사실을 알게 된 나는 길거리에서 친구를 나무라기 시작했다. 친구의 애인이 옆에 같이 서 있는데도 상관 않았다. 욕을 섞어 가며 심한 말을 내뱉고, 제 분을 못 이겨 몸을 떨기까지 했다. 그러는 내 모습을 처음 본 친구는 눈물을 보이고야 말았다. "신세져서 참 미안하고 지금 당장 짐 싸서 나갈게." 하고는 휙 돌아섰다. 그리고 혼자서 버스를 타고 친구의 집

으로 돌아가는데 나는 알겠더라. 한 달 동안의
바다로도 달래지 못한 내 예민함을 금방 애꿎
은 친구한테 풀었다는 것을.

　　마지막으로 기댈 곳은 가족밖에 안 남았다.
나는 경주의 부모님 집 근처에 사는 누나한테
전화를 걸었다. 내가 처한 상황을 설명하자, 누
나는 네가 잘못 했네 라는 식의 잔소리를 하더
니, 결국은 매형과 함께 데리러 오겠다고 했다.
부끄럽게 왜 매형이 오냐고 따지려다가 분위기
를 파악한 뒤 하지 않았다. 다행스럽게도 친구
가 약속 장소로부터 돌아오기 전에 누나가 먼
저 도착했고, 트렁크가 큰 매형의 차엔 내 짐들
이 수월하게 들어갔다. 누나와 매형은 기왕 나
를 도우러 온 거 여기 부산으로 드라이브를 나
왔다는 식이다. 맛 집을 검색 중인 둘의 뒷자
리에서 나는 창밖으로 바다를 바라본다. 한 달
동안이나 봤던 바다. 그 한가운데에 그물을 던
져보는 상상을 했었는데, 지금 나는 힘없는 뗏
목이 되어 부모님 곁으로나 돌아간다.

11

도망치며

경상도 특유의 묵묵함으로 '너 왜 집으로 돌아왔니?' 묻지 않으시고 그저 따뜻한 밥을 차려주셨다. 집 곳곳엔 조카가 드나드는 흔적인 색색의 장난감들이 굴러다녔다. 언제나처럼 거실 tv는 켜져 있다. 다음 사람이 마른 상태로 신을 수 있게 욕실 슬리퍼는 한쪽 벽에 세워져 있다. 나는 집의 빈자리에 짐을 풀어놓으며, 혹시 나 때문에 집의 하나라도 달라지지나 않을까, 왠지 모를 조바심을 냈다.

하여간 집은 오랜만인지라 처음 며칠은 나를 반가워하는 분위기가 돌았다. 경주의 변한 곳들을 둘러보면서 나도 서울에서의, 부산에서의 일은 잠시 잊은 듯했다. 열흘 정도가 지났다. 나는 거실에서 엄마의 저녁밥을 기다리는 게 까닭 없이 보는 tv채널 마냥 쑥스러워졌다.

일을 마치고 아빠가 현관을 들어온다. 엄마의 예고대로 술을 한 잔 걸치셨는데 신발 끈을 한참 만에 푸셨다.

"야 이노무 새끼야!"

그로부터 아빠의 속마음을 전부 다 들을 수 있었다. 내가 글 쓰는 건 처음부터 싫어하셨는데,

"내일 모레면 나이가 서른이다. 그 정도 먹었으면 나가서 스스로 살림을 차려야지. 얼마나 됐다고 또 집에 기어 들어오고, 아주 잘하는 짓이다. 공무원 준비나 해라고 그랬제? 앞으로 뭐 해먹고 살 작정이고?"

부엌에서는 밥 냄새가 올라온다. 때맞춰 누나네 식구가 들이닥쳤고, 아빠는 원래의 무뚝뚝함으로 돌아왔다. 거실에 너른 상을 펼치고 둘러앉으니 밥상의 모서리가 전부 들어찼다.

따뜻했다. 조카가 어설픈 발음으로 '삼촌'하고
들려준다. 나는 맛있게 받아먹고 속에선 그러
나, 내일이라도 당장 서울로 도망쳐야겠다는,
밥상에서의 내 모서리를 지울 준비를 끝냈다.

맺음말

경주, 포항, 부산, 서울.

제가 네 곳 모두에 살아봐야 했던 까닭은 안타깝게도 현재의 초라한 나로부터 벗어나기 위함이었습니다. 무턱대고라도 다른 지역으로 넘어가버리면 초라했던 지금의 나는 비밀에 부쳐지니까요. 네 지역은 색깔들처럼 전부 다 다르게 남아 있습니다. 바로 전의 지역과 다르게 살아가려 애쓰다보니 제가 살았던 한 곳, 한 곳이 각기 다른 수필의 배경처럼만 느껴집니다.

마지막 편에 이어서, 저는 경주를 떠나와 서울에 도착해 있습니다. 아빠로부터 도망치듯 이곳에 왔다는 걸 저는 또 비밀에 부치겠죠. 한 번 뿌리를 내렸다가 스스로 잘라낸 흔적들이 서울 여기저기에 흩어져 있습니다. 저는 한 번

초라해져봤던 여기에 새로운 뿌리를 내리려고
합니다. 다시 또 초라해지더라도 도망치는 일은
그만하고 밑동부터 차츰차츰 서울에서의 나를
살려낼 것입니다.

변변찮은 삶을 위한 변명

ⓒ 이학준

글
이학준

책임편집 **송재은**
디자인 **김현경**

초판 1쇄 **2022년 1월 14일**

펴낸곳 **warm gray and blue (웜그레이앤블루)**
이메일 **warmgrayandblue@gmail.com**
인스타그램 **@warmgrayandblue**
출판 등록 **2017년 9월 25일 제 2017-000036호**

ISBN **979-11-91514-07-0 (02810)**